SAPHIRA

Demon's Diary (Mawangilgi) Vol.3 © 2001 by Kara & Lee Yun Hee
All rights reserved.
This French Edition published by arrangement
with SIGONGSA CO.,LTD.

Édition française © 2004 Éditions Saphira
ISBN 2-7522-0049-8
Dépôt légal décembre 2004

Traduction : Kette Amoruso
Adaptation graphique : Wilfried Target

IL PARAÎT QUE C'EST LUI, LE CHEF DE LA GUILDE DES VOLEURS.

DIRE QU'IL AVAIT LA RÉPUTATION D'ÊTRE INFAILLIBLE. ON DIRAIT QUE LA CHANCE A FINI PAR TOURNER.

ON VA ENFIN ÊTRE TRANQUILLE.

C... CHEF.

TU VAS AVANCER PLUS VITE, OUI ?!

PAC

BOUM

ARGH !

HAHA

HAHAHAHA

JE N'EN POUVAIS PLUS DE VOIR CES VERMINES PRENDRE LEURS AISES PARTOUT EN VILLE !

FINALEMENT ILS NE VALENT PAS GRAND-CHOSE, UNE FOIS SOUS LES VERROUS.

HÉ HÉ HÉ

C'EST BIEN FAIT POUR EUX, HEIN ?!

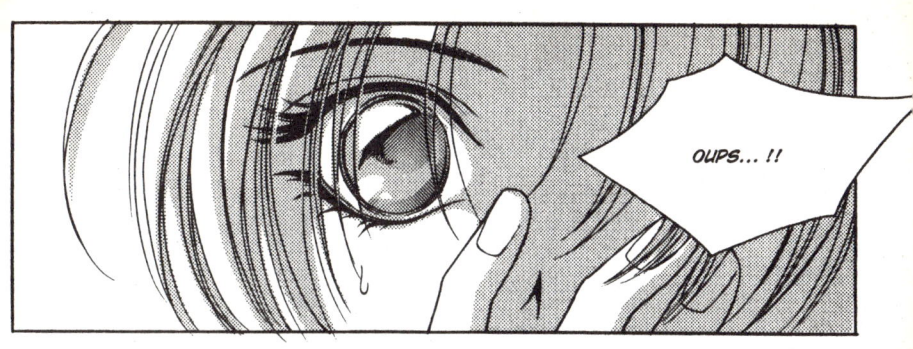
OUPS... !!

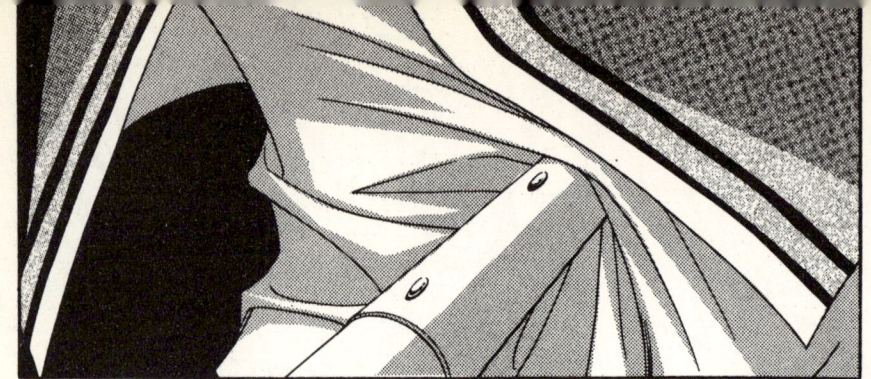

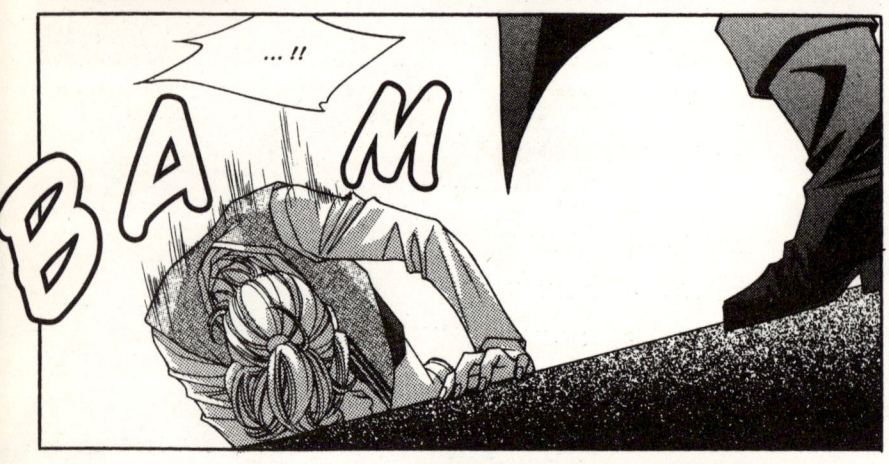

...!!

BAM

RAINEF !!

T'AS INTÉRÊT À TE TENIR TRANQUILLE !!

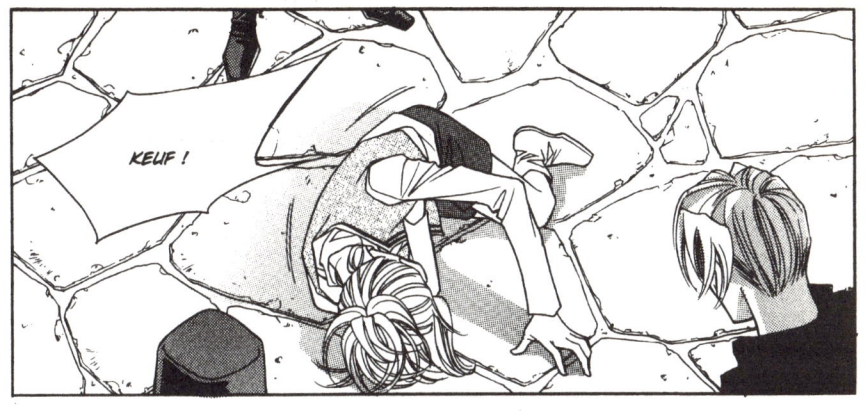

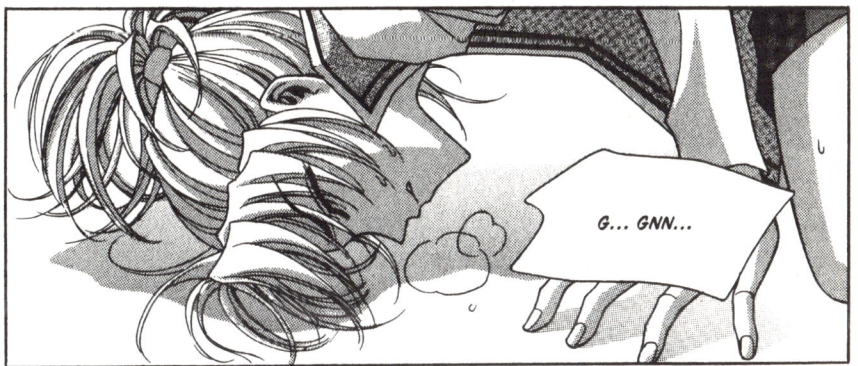

COMMENT
CE MINABLE A-T-IL
OSÉ ?!

TU ES
DONC SI PRESSÉ
DE MOURIR ?

AARGH

SCRAC

AÏE !

IL FAUT RECONNAÎTRE QU'IL A DU CRAN...

MMH... HUMM... MMH ! (JE VOUS AVAIS DIT D'ARRÊTER !)
TU VAS ME LÂCHER, ESPÈCE DE POUILLEUX ?!
MERDE !!
COMMENT ÇA V...

MEURS !

SI JE LE
LAISSE FAIRE...

CE GARÇON MOURRA...

... À MOINS QU'IL NE SOIT LE ROI DÉMON !!

NOOON

LE CRI DÉCHIRANT DE
RAINEF -.- ;;

BURP
BURP
BURP BURP

M... MAIS
ENFIN ?
QU'EST-CE
QUI VIENT DE
SE PASSER ?...

MONSIEUR...

C'EST VRAI QUE VOUS ÊTES UN DÉMON ?

WAOUH... ET MOI QUI CROYAIS QUE LES DÉMONS AVAIENT UNE APPARENCE MONSTRUEUSE...

CESSEZ DE M'APPELER AINSI.

APPELEZ-MOI PLUTÔT YCLIPT.

IL M'APPELLE ENCORE MONSIEUR...

YCLIPT

YCLIPT

YCLIPT

...

J'VAIS LE MÉMORISER.

CE N'EST PEUT-ÊTRE PAS LA PEINE DE RÉPÉTER COMME ÇA...

TIENS ? MAIS POURQUOI VOUS ME VOU-VOYEZ TOUT D'UN COUP ?

CERTES... IL M'ARRIVE
DE ME DEMANDER SI UN
AUTRE CHOIX N'AURAIT PAS
ÉTÉ PLUS JUDICIEUX.

D'AUTANT PLUS QUE
SIRE RAINEF N'A PAS
TOUT À FAIT LE PROFIL
D'UN ROI DÉMON...

JE ME SUIS FAIT DU SOUCI.

VOUS AVEZ LAISSÉ PARTIR UN GUERRIER VENU POUR VOUS TUER ?

OUIIIN

COMMENT OSES-TU ME FAIRE LA LEÇON ?

PAF

PAF

PARDON SIRE.

HU... APRÈS TOUT, IL N'Y A PAS DE RAISON. SIRE RAINEF EST EN TRAIN DE TRAVAILLER À SA FAÇON POUR DEVENIR UN ROI DÉMON ACCOMPLI.

J'AI CONFIANCE EN MON JUGEMENT. JE ME SOUVIENS DE CE QU'IL M'AVAIT DIT À PROPOS DES ÊTRES QUI SE RENCONTRENT POUR LA TROISIÈME FOIS...

ME VOILÀ D'HUMEUR BIEN SENTIMENTALE, AUJOURD'HUI...

MOI AUSSI JE CROIS À CE LIEN DU DESTIN...

MOI AUSSI
JE VEUX UN
COSTUME
TRADITIONNEL !

CETTE SÉCHERESSE QUI PERSISTE...

C'EST SIGNE QUE LE ROI DÉMON EST EN COLÈRE.

QUE POUVONS-NOUS FAIRE POUR Y REMÉDIER, L'ANCIEN ?

POUR METTRE UN TERME À CETTE SÉCHERESSE QUI DURE DEPUIS TROP LONGTEMPS...

... LA COUTUME VEUT QUE NOUS OFFRIONS UN SACRIFICE AU ROI DÉMON.

VRAIMENT ?
ET EN QUOI
CONSISTE-
T-IL ?

IL Y A 50 ANS
DE CELA, NOUS
AVONS ÉTÉ
CONFRONTÉS
AU MÊME
PROBLÈME...

... ET IL
A FALLU ACCOMPLIR
LE SACRIFICE POUR
QUE LA PLUIE SE
METTE ENFIN À
TOMBER.

IL S'AGIT
D'OFFRIR UNE
ÉPOUSE AU
ROI DÉMON.

UNE JEUNE
VIERGE DU
VILLAGE DEVRA
DONC ÊTRE
SACRIFIÉE.

... !!

MAIS...

... IL FAUDRA
QU'ELLE SOIT
MIGNONNE.
UN PETIT 90-60-90
DEVRAIT FAIRE
L'AFFAIRE...

CHABAK

HEIN ?!
UN PEU DE
TENUE,
VOYONS !!

VOYONS, RICHET, MA CHÉRIE...

NAN ! NAN ! J'VEUX PAS ! C'EST HORS DE QUESTION !

JE TE DÉTESTE, PAPA !!

JE T'EMMÈNERAI AVEC MOI LA PROCHAINE FOIS. C'EST PROMIS.

C'EST CE QUE TU AVAIS DIT AUSSI LA DERNIÈRE FOIS ! T'ES QU'UN MENTEUR !

OUIIIN

SCRITCH

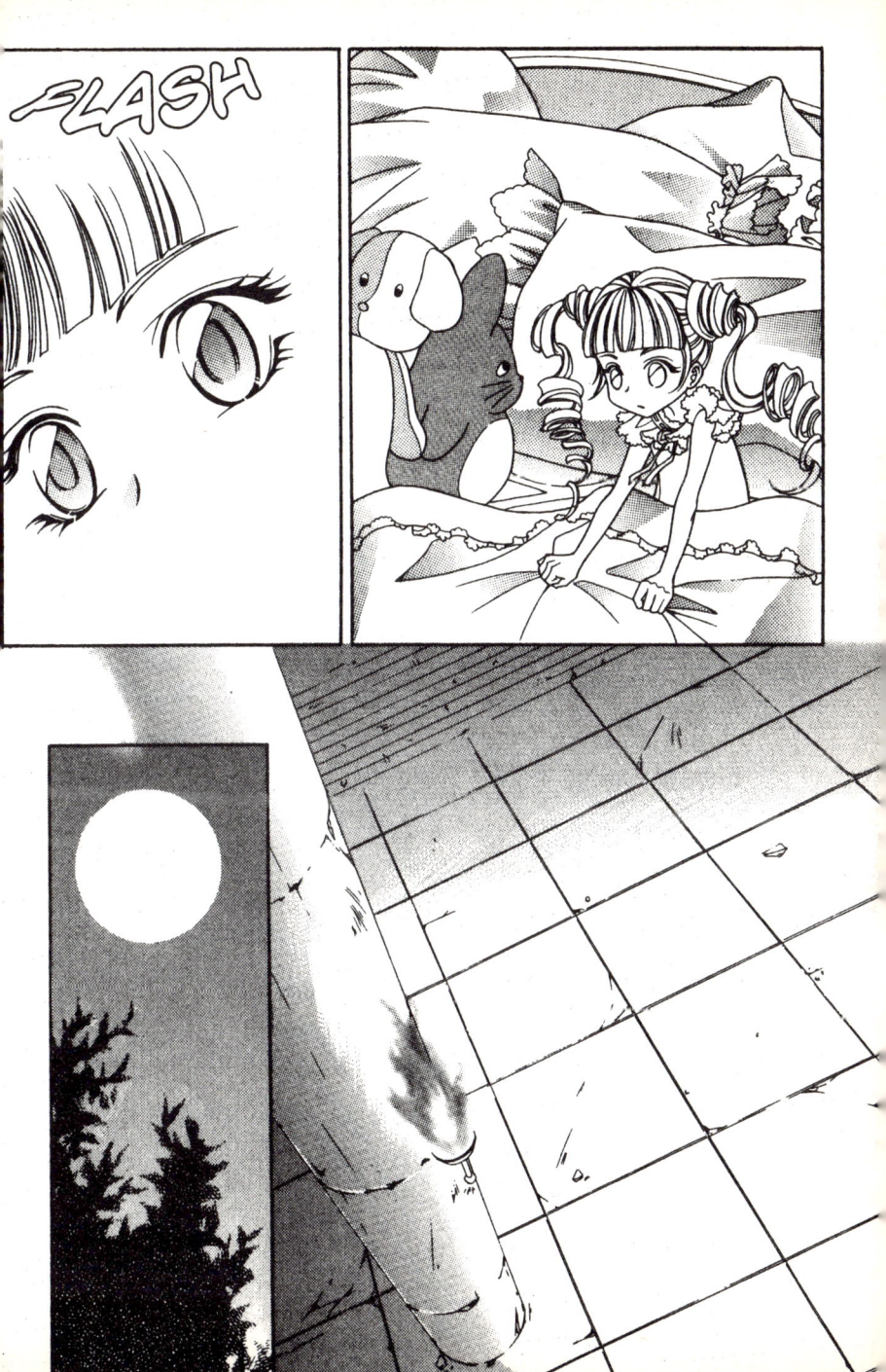

UNE ENFANT... ? MAIS QU'EST-CE QU'UNE PETITE FILLE VIENT FAIRE DANS UN TEL ENDROIT ?

NE RESTE PAS LÀ, C'EST DANGE-REUX.

HÉ, JE T'AI DIT DE T'ÉLOIGNER. CAR SINON...

POF

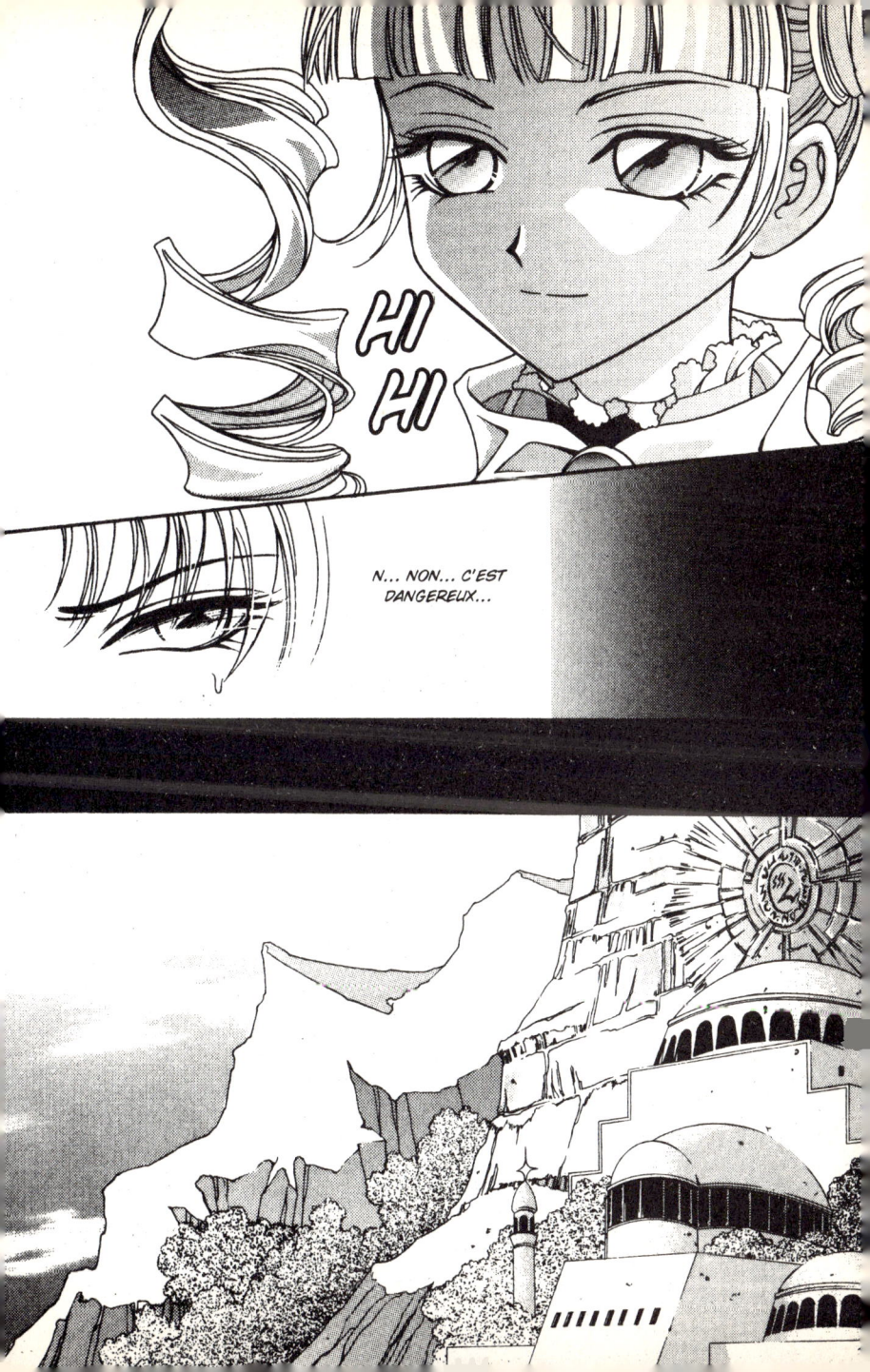

HEIN ? LE CERCLE S'EST MIS À BRILLER. QU'EST-CE QUE ÇA SIGNIFIE, YCLIPT ?

...

LES HUMAINS SE SERVENT HABITUELLEMENT DE CE CERCLE MAGIQUE POUR NOUS FAIRE PARVENIR LEURS OFFRANDES.

POUR CE QUI EST DE LA NATURE DE CETTE OFFRANDE...

... IL S'AGIT CERTAINEMENT D'UNE ÉPOUSE POUR LE ROI DÉMON.

TE VOILÀ ENFIN ! IGNOBLE ROI DÉMON !

PFF

DÉCIDÉMENT, PERSONNE N'EST CAPABLE DE DEVINER DU PREMIER COUP QUE C'EST RAINEF, LE VÉRITABLE ROI DÉMON.

HA HA HA

CES MANIÈRES SIMPLETTES ME RAPPELLENT QUELQU'UN...

TON SERVITEUR EST EN TRAIN DE DIRE DU MAL DE TOI.

TSS !! VOUS CROYEZ SÉRIEUSEMENT QUE JE VAIS M'ABAISSER À DEVENIR L'ÉPOUSE DU ROI DÉMON ?

POURQUOI ILS FONT TOUS CETTE TÊTE ?

HEIN ? MAIS CE N'EST QU'UNE GAMINE. MOI QUI M'ATTENDAIS À UNE BOMBE SEXUELLE.

GNN

SACHANT QU'IL N'Y A JAMAIS EU DE PRÉCÉDENT SUR LE RETOUR D'UN SACRIFICE, NOUS ALLONS LA GARDER POUR LE MOMENT.

ENCORE UNE QUI VEUT LE TUER. QU'EST-CE QUE VOUS PROPOSEZ ?

...

OOHH

JE N'EN REVIENS PAS ! COMMENT UN CANON COMME LUI PEUT-IL ÊTRE UN ROI DÉMON ?

UNE FAN DE BEAUX GOSSES.

EN PLUS, IL EST TOUT À FAIT MON GENRE. OH LÀ LÀ, QUEL GÂCHIS...

CECI DIT... MÊME S'IL EST MIGNON COMME TOUT...

...

IL FAUT FAIRE DISPARAÎTRE TOUS LES ROIS DÉMONS DE LA TERRE !

ILS NE MÉRITENT MÊME PAS DE VIVRE !

JE LES TRUCIDERAI DE MES PROPRES MAINS, TOUS, SANS EXCEPTION !

C'EST COMME ÇA QU'ON POURRA PROUVER AU MONDE ENTIER LA TOUTE PUISSANCE DE NOTRE DIEU.

...

WAOUH... CETTE GAMINE S'EXPRIME COMME UNE GRANDE.

HÉ ! CE N'EST PAS UN LANGAGE CORRECT POUR PARLER D'UNE DAME.

UNE DAME, OÙ ÇA ? J'EN VOIS PAS.

POUR QUI ELLE SE PREND, CETTE MORVEUSE ?

MAIS JE NE TE PERMETS PAS !

...

ILS FORMENT UN BEAU DUO.

JE VAIS ALLER FAIRE UNE PETITE SIESTE.

TRÈS GÊNÉ VIS-À-VIS D'YCLIPT.

PIF PAF POF

OH ! J'AI FAILLI OUBLIER.

EN GARDE, CHER ROI DÉMON ! CAR C'EST TOI QUE JE SUIS VENUE TUER...

COMMENT ÇA, "CHER" ?...

TU VAS PAYER, MÉCHANT ROI DÉMON !

HWIT

SI ON REPRENAIT L'ENTRAÎNE-MENT À L'ÉPÉE ?

JE VOUS SERS VOTRE GOÛTER ?

VOLON-TIERS ♡

GNN... VOUS AVEZ INTÉRÊT À ME PRENDRE AU SÉRIEUX !

81

NULLE EN SPORT.

POC

HIRK

BAOUM

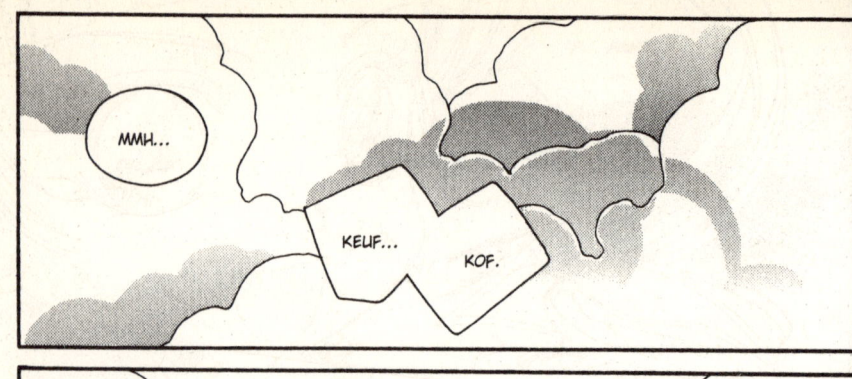

MMH...

KEUF...

KOF.

GNN... CE TRUC M'A EXPLOSÉ AU VISAGE. C'EST LA HONTE.

KEUF

ÇA NE SERAIT PAS LA FAMEUSE POUDRE EXPLOSIVE VENDUE À PRIX D'OR PAR LES ALCHIMISTES ?

?

EN FAIT, ELLE S'EST POINTÉE ICI ARMÉE JUSQU'AUX DENTS.

PFF

POUR TOUT TE DIRE, LES DÉMONS SONT DE VILES CRÉATURES QUI N'EN FONT QU'À LEUR TÊTE.

FRANCHEMENT, TU TROUVES NORMAL DE SE RÉJOUIR FACE AU MALHEUR D'AUTRUI ?

ON NE PEUT ACCÉDER AU VRAI BONHEUR QU'À TRAVERS L'AMOUR DE SON PROCHAIN.

OUVRE DONC LES YEUX ET TOURNE-TOI VERS LE VÉRITABLE SENS DE LA VIE.

TU PEUX DEVENIR UN GENTIL ROI DÉMON QUI SE FAIT PLAISIR EN APPORTANT LA JOIE AUX AUTRES.

EUH... MAIS UN ROI DÉMON EST MAUVAIS PAR NATURE...

CE N'EST PAS BIEN D'ÊTRE MAUVAIS, OR UN BON ROI DÉMON EST MAUVAIS...
DONC CE QUI EST BIEN REVIENT À ÊTRE MAUVAIS ET PUIS...
VOUS AVEZ VU ÇA, YCLIPT ? TOUS VOS EFFORTS POUR ÉDUQUER VOTRE MAÎTRE SONT À DEUX DOIGTS DE PARTIR EN FUMÉE.
HI
GRR
SCR
SCR
TRANSLATION.
ZAP
ZAP
ENFIN UN PEU DE CALME.
BEUH
BEUH

ÇA VA MIEUX, MAINTENANT. J'AI L'HABITUDE, TU SAIS.

ET PUIS JE NE M'EN SOUVIENS MÊME PLUS PARCE QUE J'ÉTAIS TROP JEUNE QUAND C'EST ARRIVÉE.

EN PLUS, TU ME FAIS PERDRE TOUS MES MOYENS.

EUH ... JE SUIS DÉSOLÉ.

POUR- QUOI ?

...

... CE N'EST PAS MOI LE COUPABLE, MAIS JE ME SENS QUAND MÊME RESPONSABLE DE CE QUI EST ARRIVÉ.

JE TE DEMANDE PARDON...

NOUS DEVRIONS RENVOYER CETTE OFFRANDE SOUS PEU.

TU PARLES DE RICHET ? TU VEUX QU'ON LA RENVOIE ?

MAIS POURQUOI ? TU AS DIT TOI-MÊME QU'IL N'Y AVAIT AUCUN PRÉCÉDENT SUR LE RETOUR D'UN SACRIFICE...

MAIS CETTE FOIS-CI, QUEL-QU'UN VIENDRA SÛREMENT LA RÉCLAMER.

TU CROIS ?

LA PLUPART DES JEUNES FILLES QUI SONT OFFERTES EN SACRIFICE SONT CHOISIES PARMI LES FILLES DE CONDITION MODESTE ISSUES DE LA PAYSAN-NERIE OU DE FAMILLES PAUVRES.

OR RICHET EST DIFFÉRENTE. SES VÊTEMENTS, SON LANGAGE, OU MÊME SA FAÇON DE SE COMPORTER... TOUT MONTRE QU'ELLE NE VIENT PAS D'UN MILIEU ORDINAIRE.

IL DOIT CERTAINEMENT Y AVOIR UNE ERREUR.

MAIS JE CROYAIS QU'UN ROI DÉMON NE DEVAIT JAMAIS RENDRE CE QU'IL AVAIT REÇU ?

ALORS POURQUOI ?

DANS CERTAINES CIRCONSTANCES, ON PEUT RETOURNER UNE OFFRANDE EN ÉCHANGE DE COMPENSATIONS APPROPRIÉES.

...

COMME CECI... PAR EXEMPLE.

DES COMPENSATIONS ?

95

TIENS ?

BLITZ

FLASH

FSCHH

C'EST BIEN ICI QUE TU HABITES, NON ?

POURQUOI TU AS AUTANT DE MAL À TE REPÉRER DANS LES COULOIRS ?

QU'EST-CE QUI TE FAIT CROIRE QUE JE VIS ICI ?

JE TE SIGNALE QUE TU AS DEVANT TOI LE FUTUR GRAND ORDONNATEUR DU TEMPLE DE LASETH.

PRIMO, ÇA NE FAIT PAS LONGTEMPS QUE JE SUIS ARRIVÉ. ET SECUNDO, JE N'AI AUCUNE INTENTION DE MOISIR ICI JUSQU'AU POINT DE CONNAÎTRE PAR CŒUR TOUS LES COULOIRS.

LE FUTUR GRAND ORDONNATEUR TU DIS ?

BLURD

QUELLE IDÉE DE NOMMER UN CRÉTIN À LA TÊTE DU TEMPLE. ÇA PROUVE QUE LES ADORATEURS DE LASETH SONT SUR LE DÉCLIN.

QUOI... !! C'EST MOI QUE TU TRAITES DE CRÉTIN ?

TIENS ? C'EST LA FIN DU CORRIDOR.

YOUPI ! J'AI ENFIN TROUVÉ LA SORTIE.

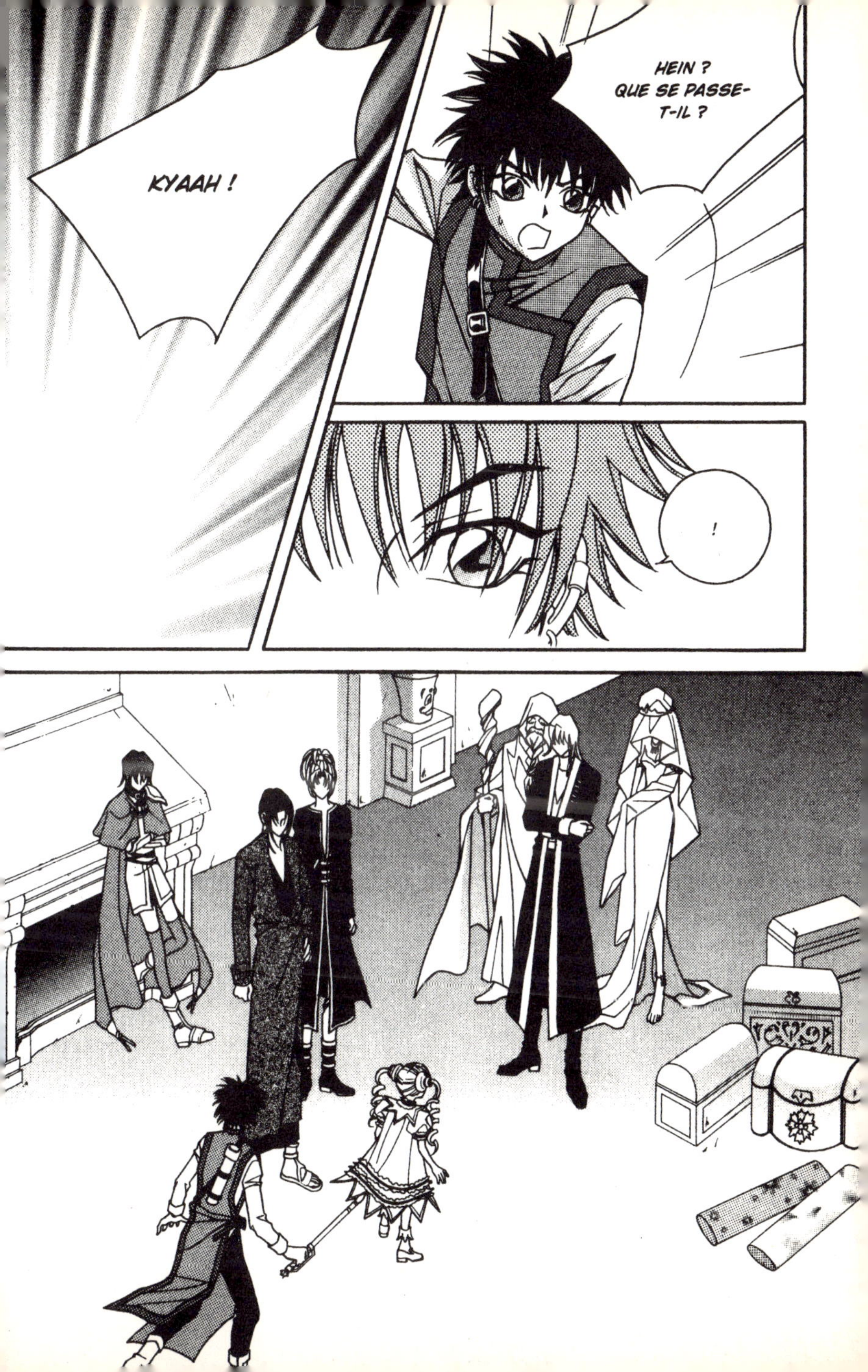
HEIN ? QUE SE PASSE-T-IL ?
KYAAH !
!

HAHAHA

DÉCIDÉMENT ON BAT TOUS LES RECORDS !! PERSONNE N'EST CAPABLE DE DEVINER JUSTE.

NOUS ACCEPTONS VOS EXCUSES EN ÉCHANGE DES TRÉSORS QUE VOUS NOUS AVEZ APPORTÉS MAIS...

... JE VOUS SUGGÈRE DE REPRENDRE AUSSI L'AUTRE CADEAU.

AH ? MAIS POURQUOI...

UN ROI DÉMON QUI REFUSE UN SACRIFICE, C'EST DU JAMAIS VU...

L'AUTRE CADEAU EN QUESTION.

CAR LE VÉRITABLE ROI DÉMON...

T... TRÈS BIEN.
DANS CE CAS, NOUS
REPARTONS AVEC
LA JEUNE FILLE.

UN
INSTANT !

TA

DAN

WAOUH

JE VOUS
REMERCIE POUR
VOTRE HOSPITALITÉ.
ET VEUILLEZ M'EXCU-
SER POUR LA GÊNE
OCCASIONNÉE.

AUTRE
CHOSE...

RAINEF EN A LE SOUFFLE COUPÉ

JE T'ADORE, RAINEF ! (EN PLUS TU ES CANON) COMMENT POURRAIS-JE EN VOULOIR À UN SI GENTIL ROI DÉMON ?

JE TE DEMANDE DONC DE M'ATTENDRE ENCORE 10 ANS.

HI!

TU EN AS DE LA CHANCE, RAINEF.

JE REVIENDRAI POUR ME MARIER AVEC TOI QUAND JE SERAI DEVE-NUE UNE BELLE DEMOISELLE.

ET TU AS INTÉRÊT À ÊTRE FIDÈLE !!

GARE À TOI SI J'APPRENDS UN JOUR QUE TU AS ACCEPTÉ UNE AUTRE JEUNE FILLE EN SACRIFICE.

SI TU FAIS ÇA, J'EFFACERAI TOUS LES CERCLES MAGIQUES DE LA TERRE.

QUELLE... VOLONTÉ...

MAIS ALORS, ÇA SIGNIFIE QUE JE SUIS MAINTENANT UN HOMME MARIÉ ?

C'EST À VOUS DE DÉCIDER.

FAITES COMME BON IL VOUS SEMBLERA.

HYPER SÉRIEUX

UN ROI DÉMON IDIOT ET UNE REINE ACARIÂTRE... MAIS C'EST PARFAIT, ÇA ! LE COMMENCEMENT DE LA FIN POUR LE PEUPLE DÉMON.

LES ADORATEURS DE LASETH FINIRONT PAR ÉTENDRE LEUR POUVOIR DANS LE MONDE ENTIER.

HÉ HÉ HÉ HÉ HÉ HÉ

FRR

OUILLE

HI HI

ELLE NE TE PLAÎT PAS, RICHET ?

HE HE

POC

... CE N'EST PAS ÇA.

ALORS TU ES D'ACCORD. DONC TOUT VA BIEN.

HI HI HI

...

UN ROI DÉMON IDIOT ET UNE REINE ACARIÂTRE... ÇA SERA LE GAG DE L'ANNÉE.

MAIS QU'EST-CE QU'ILS ONT TOUS ?

COMME L'A FAIT REMARQUER LA PETITE RICHET, NOUS REVIENDRONS SUR TOUTE CETTE HISTOIRE DANS 10 ANS.

HI

HI

DANS 10 ANS...

TU AS RAISON. JE VERRAI BIEN À CE MOMENT-LÀ.

DANS 10 ANS...

C'EST-À-DIRE 365 X 10, SOIT À PEINE 3650 JOURS...

ATTENDS-MOI ENCORE 3650 JOURS, RAINEF CHÉRI.

JE SERAI TRANSFORMÉE EN UNE BELLE JEUNE FILLE QUAND JE VIENDRAI TE RETROUVER.

MM... MMH...

IL FAIT DES CAUCHE-MARS ?

... KIRIS, MON BÉBÉ...

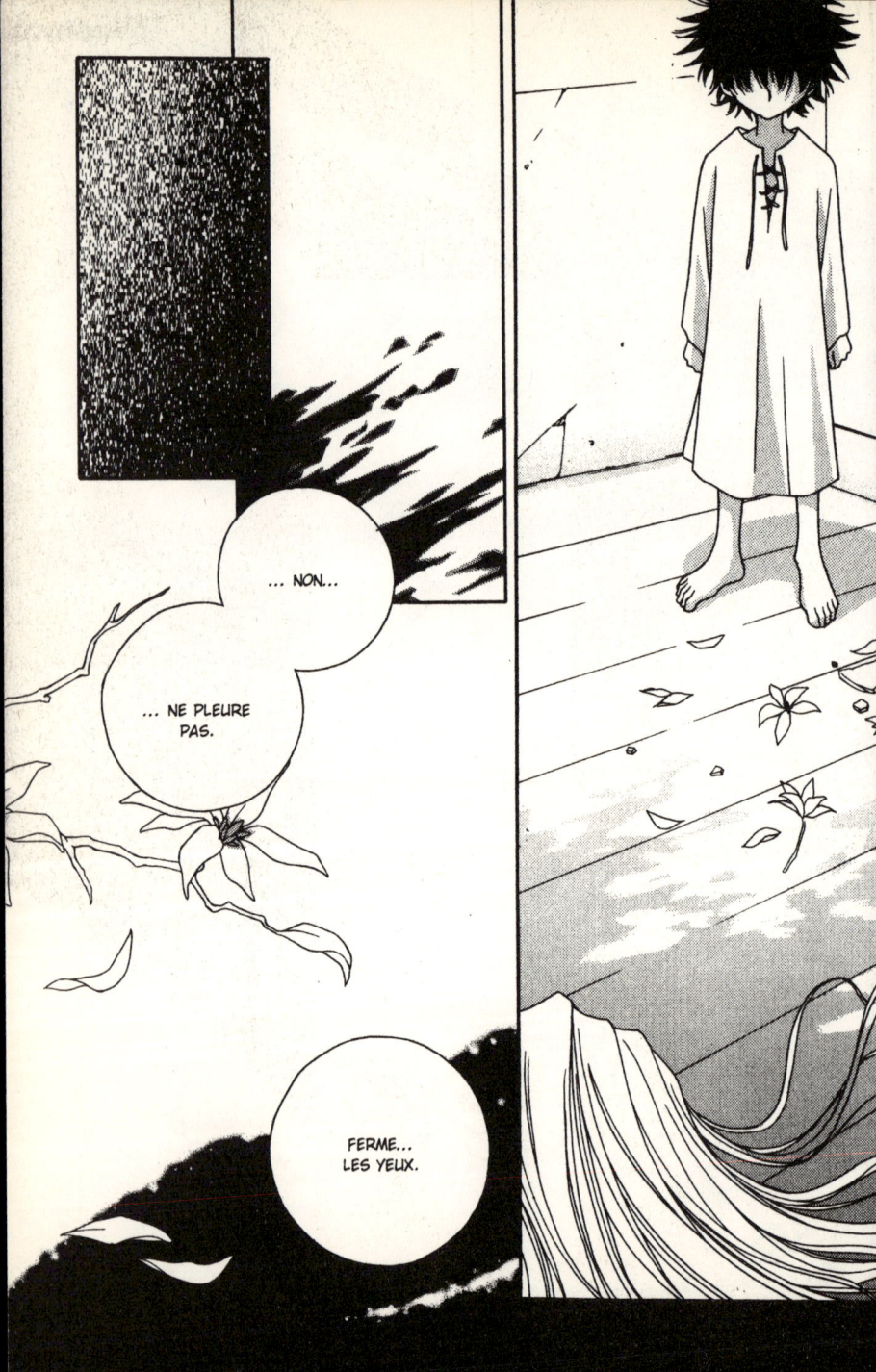

116

HUM

HUM

J'ESPÉRAIS QU'UN PETIT SÉJOUR PARMI LES DÉMONS L'AIDERAIT À MIEUX SE CONNAÎTRE EN TANT QU'ÊTRE HUMAIN.

?

NE ME DITES PAS QUE KIRIS IGNORE QU'IL EST UN HUMAIN ?

FAIRE TABLE RASE DU PASSÉ...

... POUR NE VIVRE QU'EN SE PROJETTANT DANS LE FUTUR PEUT S'AVÉRER TENTANT.

CEPENDANT... AUCUN AVENIR N'EST POSSIBLE SANS LE PASSÉ.

UN JOUR OU L'AUT- RE...

... KIRIS FINIRA PAR RETROUVER LA MÉMOIRE. IL DEVRA ALORS AFFRONTER LES FANTÔMES DE SON PASSÉ.

TEL EST SON DESTIN, AUSSI DOULOUREUSE QUE SOIT CETTE ÉPREUVE.

ET POUR REMPORTER CE COMBAT QU'IL DEVRA LIVRER CONTRE LUI-MÊME...

... IL AURA BESOIN D'ACCEP-TER SA PART D'HUMANITÉ.

VOYONS...

JE ME SOUVIENS DE LA PREMIÈRE FOIS OÙ J'AI ÉTÉ CONFRONTÉ À LA DIMEN-SION DIVINE À TRAVERS CET ENFANT...

C'ÉTAIT DEUX MOIS APRÈS CETTE HORRIBLE TRAGÉDIE D'IL Y A 5 ANS.

5 ANS PLUS TÔT, AU COURS D'UN ÉTÉ PARTICULIÈREMENT ÉPROUVANT, UN GROUPE DE DÉMONS RENDUS FOUS PAR LA CANICULE A DÉTRUIT UNE VILLE ENTIÈRE.

LES CHANCES DE RETROUVER DES SURVIVANTS ÉTAIENT NULLES.

C'EST DU MOINS CE QUE NOUS PENSIONS TOUS AU TEMPLE DE LASETH, APRÈS AVOIR APPRIS TARDIVEMENT LA NOUVELLE.

IL SEMBLAIT INCONCEVABLE QUE QUICONQUE PUISSE SE SOUSTRAIRE À LA FUREUR DES DÉMONS.

BIEN ÉVIDEMMENT, PERSONNE NE METTAIT EN DOUTE CE PRONOSTIC.

LE TEMPS FINIT PAR SE RAFRAÎCHIR ET À L'ARRIVÉE DE L'AUTOMNE, LE TEMPLE DE LASETH QUI COMPTAIT LE PLUS GRAND NOMBRE DE FIDÈLES DÉCIDA D'Y ENVOYER UN CONVOI.

NOUS VOULIONS OFFRIR UNE SÉPULTURE DÉCENTE À TOUTES CES PAUVRES VICTIMES DONT ON NE POUVAIT MÊME PLUS IDENTIFIER LES CORPS.

C'EST AINSI QUE NOUS MÎMES LE CAP SUR LA VILLE DE LA MORT OÙ TOUT ESPOIR DE VIE AVAIT DISPARU.

QUELLE ATROCITÉ.

QUE LES ÂMES DE CES MALHEU-REUX SOIENT RECUEILLIES PAR LE GRAND LASETH.

PUISSENT-ELLES CONNAÎTRE LE REPOS SOUS SA PROTECTION...

... AVANT DE RENAÎTRE DANS UNE AUTRE VIE...

OH MON DIEU...

COMMENT A-T-IL PU SURVIVRE SEUL AU MILIEU DE TOUS CES CADAVRES ?

CET ENFANT ÉTAIT LE MIRACLE DE LA VIE ! OU PEUT-ÊTRE ÉTAIT CE L'INTERVENTION D'UNE FORCE QUI SE JOUAIT DES VIES HUMAINES ?

IL ME FIXAIT D'UN REGARD SI PUR, QUI PARAISSAIT RENVOYER LA LUMIÈRE DE TOUT CE QU'IL RÉFLÉCHISSAIT.

MON HÉSITATION
FUT DE COURTE DURÉE...
CAR JE SENTIS TRÈS VITE QU'UNE
AURA SACRÉE ÉMANAIT DE LUI.
UNE FORCE DIVINE L'ENTOURAIT DE
SA PROTECTION...

C'ÉTAIT TOUTE LA BONTÉ
ET LA PUISSANCE DE
NOTRE DIEU LASETH.

CET ENFANT VIENDRA AVEC MOI.

JE L'ÉLÈVERAI MOI-MÊME.

!!

J'ÉTAIS LE GRAND ORDONNATEUR DU TEMPLE ET PAR CES PAROLES, JE FAISAIS DE CET ENFANT MON DISCIPLE.

JUSQUE-LÀ, JE N'AVAIS JAMAIS PRIS LA PEINE DE FORMER AUCUN DISCIPLE.

CE QUI REVENAIT À DIRE QUE KIRIS DEVENAIT MON SUC- CESSEUR PAR LA MÊME OCCASION.

BROUHAHA

NUL NE SAVAIT SI L'UNIQUE SURVIVANT DE CET IGNOBLE MASSACRE ÉTAIT UN HUMAIN OU UNE CRÉATURE QUI AVAIT VENDU SON ÂME AU DIABLE. MALGRÉ CELA, MON CHOIX VENAIT DE SE PORTER SUR CE JEUNE ENFANT SURGI DE NULLE PART.

LE TROUBLE DE MES COMPAGNONS ÉTAIT LÉGITIME.

MAÎTRE HIZEM.

RIEN NE PRESSE AVANT DE PRENDRE UN DÉCISION...

NOUS N'AVONS AUCUNE OBJECTION À CE QU'IL VIENNE VIVRE AU TEMPLE MAIS...

... DE LÀ À CE QU'IL DEVIENNE VOTRE DISCIPLE...

ÉVIDEMMENT... VOUS NE POUVEZ PAS COMPRENDRE.

VOUS NE RESSENTEZ PAS LA FORCE DIVINE QU'IL DÉGAGE...

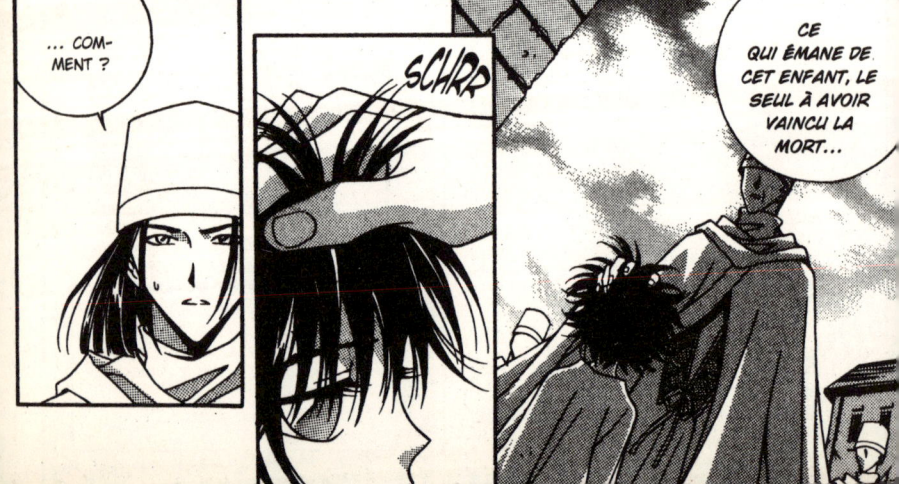

... COMMENT ?

SCHRR

CE QUI ÉMANE DE CET ENFANT, LE SEUL À AVOIR VAINCU LA MORT...

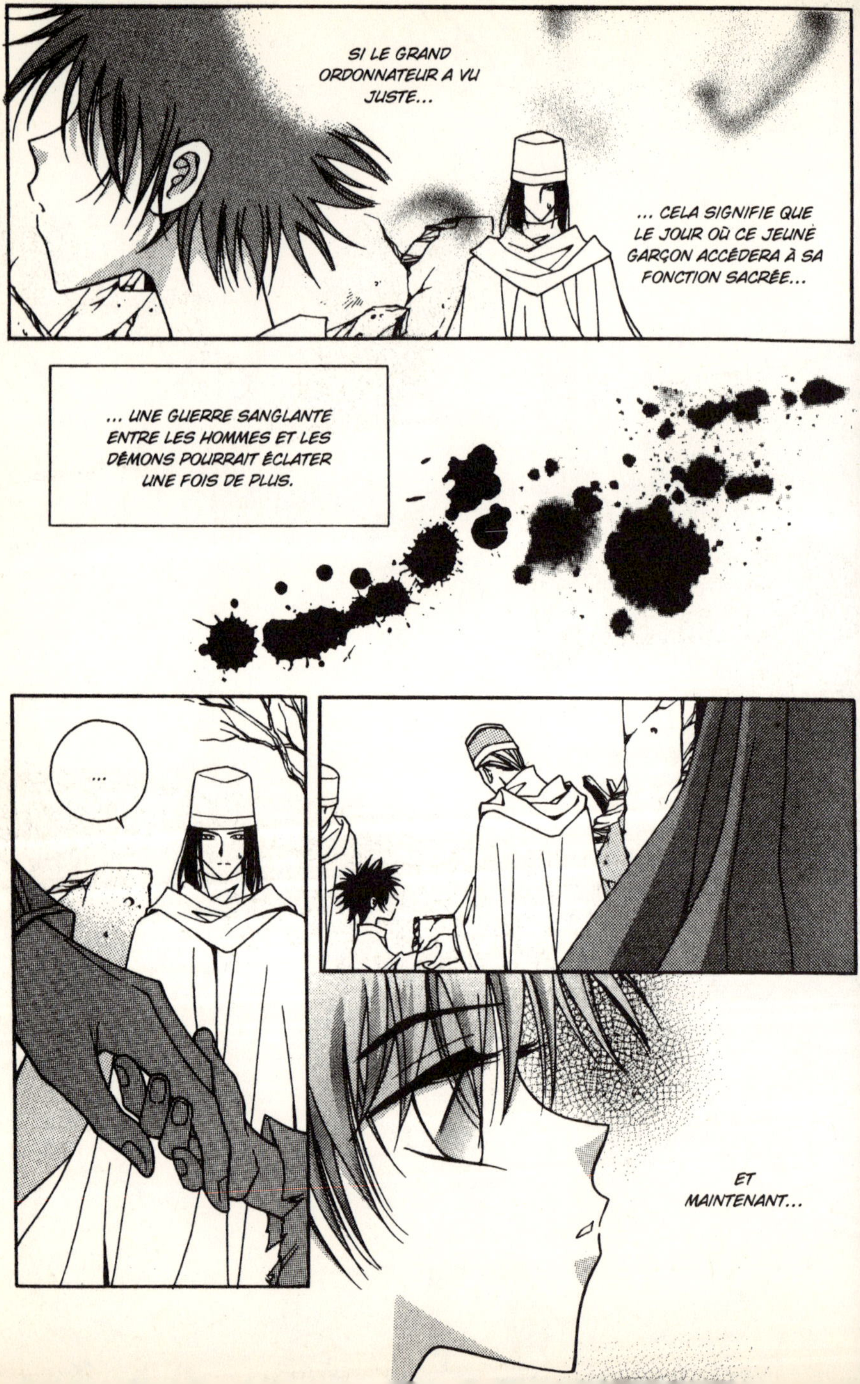

SI LE GRAND
ORDONNATEUR A VU
JUSTE...

... CELA SIGNIFIE QUE
LE JOUR OÙ CE JEUNE
GARÇON ACCÉDERA À SA
FONCTION SACRÉE...

... UNE GUERRE SANGLANTE
ENTRE LES HOMMES ET LES
DÉMONS POURRAIT ÉCLATER
UNE FOIS DE PLUS.

...

ET
MAINTENANT...

À NOTRE RETOUR AU TEMPLE, J'ENTREPRIS DE RECHERCHER DES INFORMATIONS SUR L'ENFANT.

MAIS LA SEULE CHOSE QUE J'APPRIS FUT SON NOM, "KIRIS".

C'EST VIVANT.

CETTE INTONATION ÉTRANGE... SA PETITE VOIX ÉTAIT PLEINE D'UN CHARME MYSTÉRIEUX.

JE TENDAIS L'OREILLE À LA MOINDRE DE SES PAROLES POUR TENTER DE CAPTER SON ATTENTION.

QU'EST-CE QUI EST VIVANT ?

L'ENFANT SANGLOTA AINSI
PENDANT UN LONG MOMENT.
C'ÉTAIT SANS DOUTE DES
LARMES RETENUES DEPUIS
TROP LONGTEMPS.

DES FAISCEAUX DE LUMIÈRE BLANCHE JAILLIRENT DU CORPS DE KIRIS...

...POUR FAIRE APPARAÎTRE LE DIEU LASETH, CELUI QUE NOUS VÉNÉRONS TOUS AVEC TANT DE FERVEUR.

C'EST LUI QUI M'A APPELÉ.
AU MILIEU D'UN CHAOS INDES-CRIPTIBLE...
... SEULE LA VOIX DE SON CŒUR EST PARVE-NUE JUSQU'À MOI.

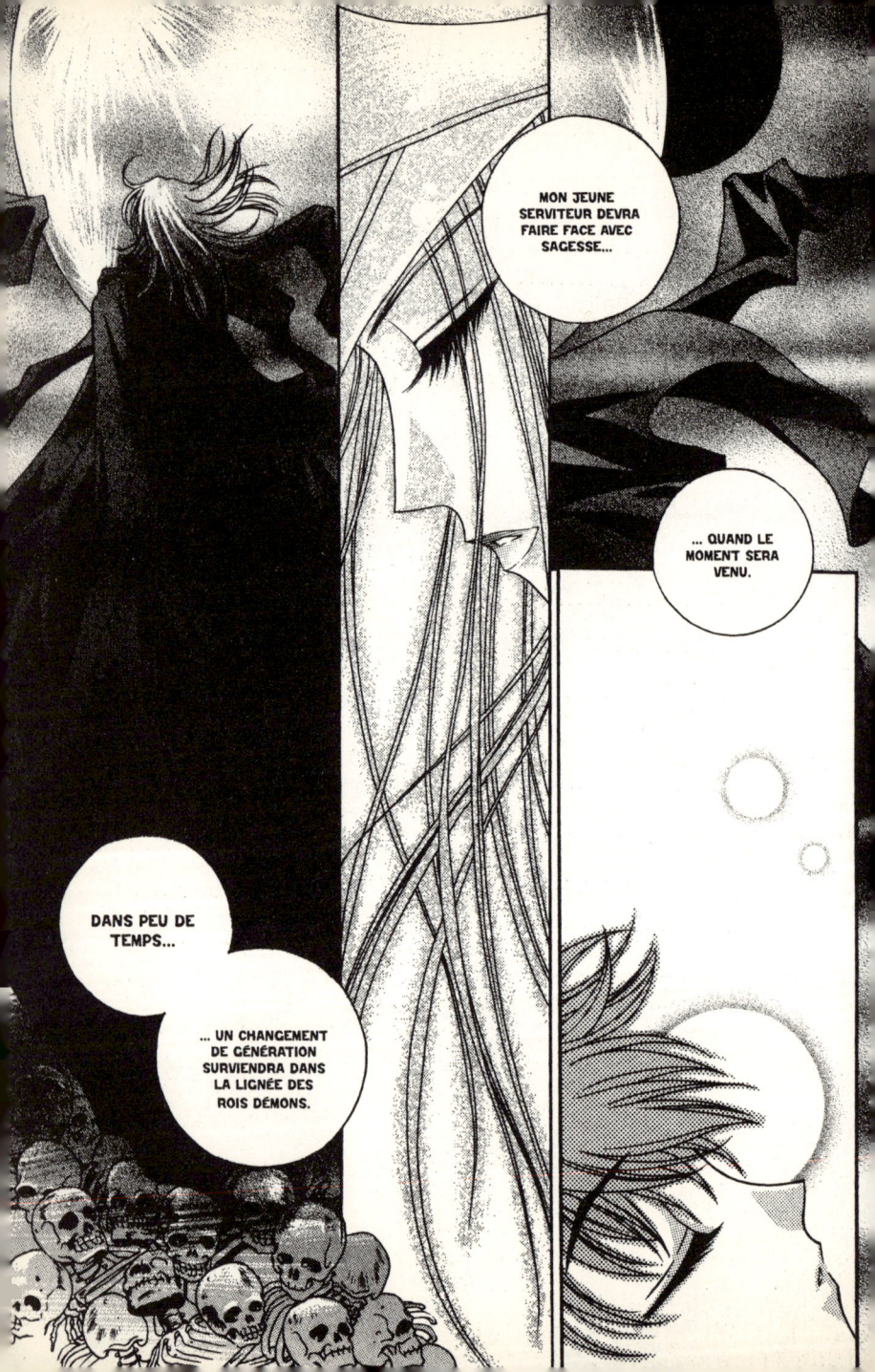

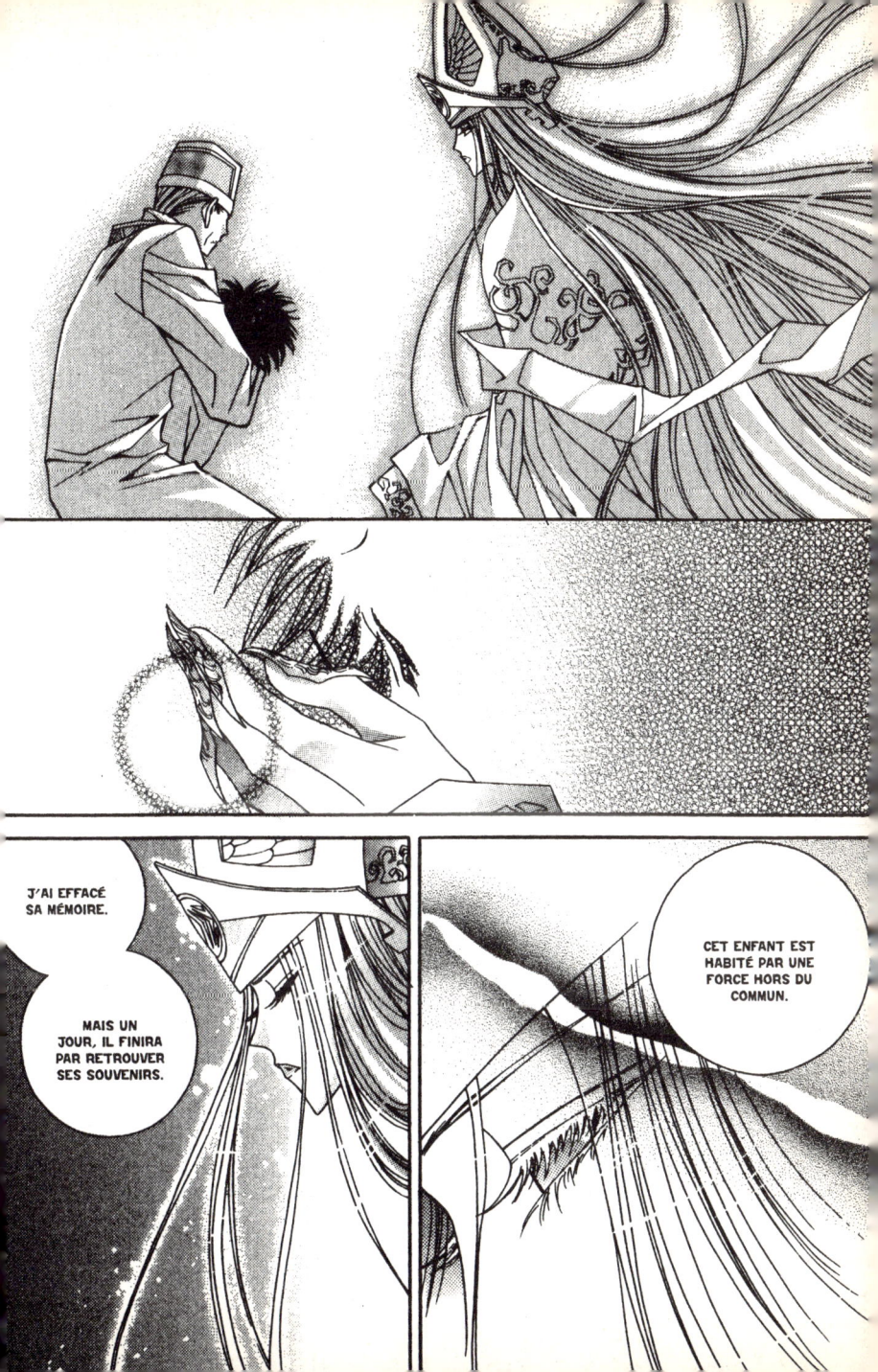

J'AI EFFACÉ
SA MÉMOIRE.

MAIS UN
JOUR, IL FINIRA
PAR RETROUVER
SES SOUVENIRS.

CET ENFANT EST
HABITÉ PAR UNE
FORCE HORS DU
COMMUN.

SRR

PRENDS
BIEN SOIN
DE LUI.

IL EST
COMME UN
JOYAU À MON
CŒUR.

BLITZ

POUR TOI AUSSI,
HIZEM... CET ÊTRE
DONNERA UN
GRAND SENS À
TA VIE...

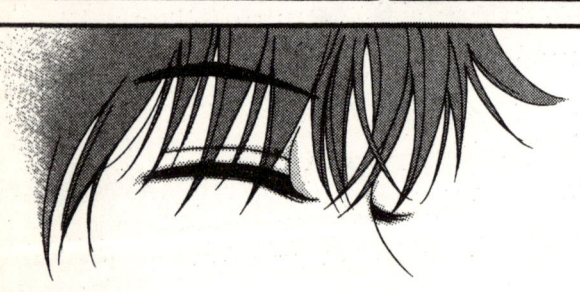

... CET ENFANT TOUCHÉ PAR LA GRÂCE DIVINE ALLAIT-IL CHANGER MA VIE ?

DANS QUELLE MESURE...

... KIRIS ?...

C'EST AINSI QUE TU T'APPELLES. ET MOI, JE SUIS TON MAÎTRE...

JE LUI RÉVÉLAI PETIT À PETIT LES ÉLÉMENTS DE SON PASSÉ QUE JE TENAIS DE LASETH.

MAIS JE PRIS SOIN D'ÉVITER LE PAS-SAGE DONT IL NE DEVAIT PAS ENCORE SE SOUVENIR...

EN FAIT, JE SUIS UN FUTUR PRÊTRE.

JE COMPRENDS MIEUX... VOILÀ POURQUOI JE DÉTESTE TANT LES DÉMONS.

!

JE VOUDRAIS LES VOIR DISPARAÎTRE DE LA SURFACE DE LA TERRE...

JE NE PEUX VRAIMENT PAS LES SUPPORTER.

... EN DÉPIT DE L'INTERVENTION DIVINE POUR EFFACER SA MÉMOIRE, CE SENTIMENT DE HAINE SEMBLAIT PERSISTER.

5 ANS PLUS TARD.

HA HA HA HA !!

AÏE AÏE
IL S'EST COINCÉ LA MÂCHOIRE.
SOIS UN PEU SÉRIEUX, BON SANG !!
PAC
PAC
MAIS COMMENT EN ES-TU ARRIVÉ LÀ ?!
AU MOINS QUAND TU ÉTAIS PETIT, TU ÉTAIS MIGNON...
... O
MAIS ÇA VA PAS ?! UN PRÊTRE NE DOIT PAS FAIRE USAGE DE LA VIOLENCE !
PAF
NON À LA VIOLENCE ! OUILLE ! ÇA FAIT MAL !
PIF
SILENCE ! C'EST LE SEUL TRUC QUI MARCHE AVEC TOI.
À MON AVIS SON ENVIRONNEMENT A AUSSI JOUÉ UN RÔLE DANS L'ÉDUCATION DE KIRIS...
CET ENFANT AVAIT UN REGARD SI INCROYABLEMENT PUR LA PREMIÈRE FOIS OÙ JE L'AI RENCONTRÉ...

JE N'AURAIS JAMAIS CRU QU'IL DEVIENDRAIT UN ÉNERGUMÈNE PAREIL... ¬¬ ;; ET POURTANT... JE NE PEUX PAS IMAGINER CE QUE SERAIT LA VIE SANS KIRIS.

SI DIEU M'INTERROGE SUR CE QU'IL REPRÉSENTE POUR MOI... VOILÀ CE QUE JE LUI RÉPONDRAI SANS L'OMBRE D'UNE HÉSITATION.

JE LUI DIRAI QU'IL EST CE QUE J'AI DE PLUS PRÉCIEUX AU MONDE... IL EST SI CHER À MON CŒUR QUE J'AI ENVIE DE LE PROTÉGER PAR TOUS LES MOYENS...

JE VOUS LE CONFIE PENDANT QUELQUES TEMPS.

MÊME SI J'IGNORE DANS QUELLE MESURE IL SAURA TIRER PROFIT DE CET APPRENTIS- SAGE.

VOUS NE RATEZ PAS LA MOINDRE OCCASION...

... POUR VOUS SER-VIR DES DÉMONS.

FAIRE FEU DE TOUT BOIS...

VOILÀ L'ASTUCE.

...

... DÉCIDÉ-MENT, VOUS M'ÉPATEZ... -.- ;;

JE PRENDRAI CELA COMME UN COMPLIMENT ^^

OH... VOILÀ
QUE LE JOUR
SE LÈVE.

PUISQUE MON ÉPÉE A ÉTÉ BRISÉE PAR TA FAUTE...

J'ESSAIE DE VOIR SI JE NE PEUX PAS M'EN CONFECTIONNER UNE EN BOIS.

MAIS CE N'EST PAS MOI QUI L'AI CASSÉE...

C'EST PARCE QUE TU M'AS TAPÉ DESSUS AVEC.

SI, C'EST TOI QUI L'AS CASSÉE.

MAIS C'EST FAUX...

SI.

NON...

IL EST PLUS TÊTU QU'IL N'EN A L'AIR.

JE TE DIS QUE SI.

C'EST FAUX...

T'AS FINI DE ME CONTREDIRE, OUI ?!

OUIN...

FRR

OUPS

ON A UN DÉPASSEMENT BUDGÉTAIRE À CAUSE DE TOUTES CES BOUCHES À NOURRIR...

ZZT ZZT

?

C'EST YCLIPT QUI GÈRE LES FINANCES DU CHÂTEAU.

HUM... J'AI ENTENDU DIRE QUE LES GUERRIERS AVAIENT UN BESOIN VISCÉRAL DE S'ENTRAÎNER PENDANT UNE OU DEUX HEURES TOUS LES MATINS...

J'IMAGINE QUE C'EST PAREIL POUR ERTIS AUSSI.

NON, PAS POSSIBLE ?

ELLE AURAIT ENCORE SON ÉPÉE SI ELLE NE M'AVAIT ATTAQUÉ LA PREMIÈRE.

...

C'EST BIEN. JE T'ACCORDE MON PARDON.

DÉSOLÉ.

JE NE POUVAIS PAS FAIRE AUTREM...

SUIS-JE
BIEN AU CHÂTEAU
DU ROI DÉMON
RAINEF ?

FIN DE DEMON'S DIARY 3